中国诗人

李吉仿

著

BAN●
半

WU●
悟

北方联合出版传媒（集团）股份有限公司

春风文艺出版社

·沈 阳·

图书在版编目（CIP）数据

半悟 / 李吉仿著. —沈阳：春风文艺出版社，
2017.12（2021.1重印）
（中国诗人）
ISBN 978-7-5313-5175-7

Ⅰ.①半… Ⅱ.①李… Ⅲ.①诗集—中国—当代
Ⅳ.①I227

中国版本图书馆CIP数据核字(2017)第244329号

北方联合出版传媒（集团）股份有限公司
春风文艺出版社出版发行
http://www.chunfengwenyi.com
沈阳市和平区十一纬路25号　邮编：110003
永清县晔盛亚胶印有限公司印刷

责任编辑：韩　喆
装帧设计：琥珀视觉
印　　张：4.5
版　　次：2017年12月第1版
书　　号：ISBN 978-7-5313-5175-7
定　　价：26.00元

责任校对：陈　杰
幅面尺寸：125mm × 195mm
字　　数：100千字
印　　次：2021年1月第2次

总序

中国是诗的国度。千百年来，人们沐浴在诗歌传统中，传诵着一代又一代诗人们写就的经典之作。而伴随着现代社会和互联网的发展，信息的传播和接受更加便捷，诗歌的阅读与创作方式也在潜移默化中被改变，在信息量无限扩大的互联网世界，远离喧嚣、静赏诗意显得尤为珍贵。

中国诗歌网正是在这样的背景下应运而生。作为国家重要文化工程，中国诗歌网以建立"诗人家园，诗歌高地"为宗旨，迅速成为目前国内也是世界诗歌类互联网专业出版平台和中国诗坛最具权威性和影响力的文学阵地之一。

互联网时代诗歌创作的便捷激发了一大批诗歌爱好者与诗人，他们在公交车上写诗，在工作间隙写诗，他们创作的诗歌作品贴近现实与生活，在追求好诗的道路上不断前进。春风文艺出版社有着久远的诗歌出版史，

《朦胧诗选》和汪国真的诗集，曾一度畅销。近两年，出版社一直致力于打造优质诗歌的品牌。本着推介中国当代诗人的原则，中国诗歌网与春风文艺出版社决定联合推荐出版"中国诗人"诗丛，共同打造"中国诗人"这一诗歌新品牌。该诗丛计划出版百部优秀诗集，在注重诗歌质量的同时，力求结合互联网与传统出版的优势，通过直观的文本呈现向读者介绍一批热爱诗歌、坚持诗歌创作的诗人，以期汇集中国当代诗歌优秀成果，展示当代诗人的创作实绩与创作风貌。

作为国家文化工程的中国诗歌网，推出"中国诗人"诗丛，也是在整个民族复兴的伟大进程中展示中国人崭新的精神风貌。因此，我们在百花齐放的诗坛，特别关注有家国情怀的厚重力作，提倡来自生活的独特发现，鼓励创新探索的艺术精品，推崇高雅纯真的诗情意趣。我们希望这套"中国诗人"丛书是体现诗坛正能量，能够引人向上、向善、向美的各种诗歌佳作。

我们满怀期待，我们也真诚希望广大诗人和诗歌爱好者关注这套诗丛，与诗同在，我们为此感到自豪和幸福。我们期待更多的诗人加入我们这套丛书，我们也期待这套丛书走进更多读者的心田！

叶延滨

2017 年中秋前夕于北京

目 录
CONTENTS

乡情念念

目　录
CONTENTS

目　　录
CONTENTS

事情悠悠

目　　录

CONTENTS

目 录
CONTENTS

目　　录
CONTENTS

目　录
CONTENTS

国情滔滔

目　录
CONTENTS

目 录
CONTENTS

目　录
CONTENTS

乡情念念

草子花儿红

题记：草子是江南水稻田养殖地的绿肥。每年晚稻尽水开始黄熟时撒播草子种，晚稻收割时草子苗有三叶大，第二年春季翻耕稻田时，就可看到满田的草子花，红得不娇艳，却十分可爱。

草子村村种
间播晚稻中
季节不误农
来春花儿红

早稻肥谁送
全靠草子供
有机土地松
稻谷千粒重

草子养地用
冬春两季容
只需排水垄

不投肥和工

草子花儿红
稻田就耕种
待到金秋时
丰收论英雄

峪中小溪

题记：老家将两条丘陵之间的洼地谓之"峪"，峪中最低处自然形成排水河，实为溪。

那片田 那条溪
有俺儿时好记忆
童伴一起拾稻穗
大的让着小弟弟

整天都想在一起
伙伴未见有争执
果树不分他和你
苦涩酸甜都分吃

吆喝一声溪水戏

光着屁股不犯忌

潜泳抓到虾和鱼

高兴一齐交队里

注释："队"指20世纪中国农村的基层组织生产队。

春　雨

题记：春雨绵绵，一人在家，心情平和，听之感叹。

老天下雨本无声

大地接受有响应

风雷就当伴奏琴

雨言细听还解闷

厨房烟窗水滴声

告知春雨洒满城

市民抱怨下不停

农夫欢呼贵如金

水

题记：入冬后在北京住过一阵子，湿度小，生在南方的我时刻想喝水。于是，对水有更深的理解。

一夜小雪让人醉
冻而不融悄然飞
空气干燥水实贵
口渴夜饮难入睡

无香真水则纯味
有情点滴唤春回
老家天旱山冈地
小手勤浇丰收归

童 年

儿时幕幕成永恒

几十年后记得清

两小无猜唤小名

大猫胸前脏兮兮

小猫裁缝洗手勤

狼犬叔侄同庚生

乙丙是个女孩名

有趣用泥建车阵

当宝私藏里屋静

阴干变形怕示人

老来自驾熊猫行

真车正合童年心

注释：老家给男孩子取小名多用动物名，期盼好养。

老　农

题记：我在出生的小山村生活二十二年，原生态农民。

喜欢日出而作
高兴平淡地过
习惯茅屋生活
哼点没调的歌

耕种田地乐活
背天不是假说
常年都在忙着
丰收就想酒喝

我在山村

题记：闲暇回忆童年，许多趣事浮现在眼前，便有这些文字。

骑着水牛自陶醉，

挎着竹篮寻菜累；

忙到傍晚只想回，

我在山村梦常随。

望向北方首都美，

望向南方海风慰；

望向西方想省会，

望向东方百老汇。

走过前峪在镇内，

爬过后山眼昏黑。

努力上学欲可为，

四面八方任我飞。

忆 耕 种

题记：春耕农忙时节，回忆起20世纪70年代到澧县梦溪公社五福一队驻点，从实际出发和努力实干，水稻当年增产，社员得到温饱，次年接进多位新媳妇。周永拓老人肯定，说我够格进省会。拓伯外号"拖拉机"，缘于他是"大跃进"时期干劲十足的队长，后决意做少言寡语的社员。

跃进年月拖拉机
干劲十足不歇气
反思选择只种地
看事清晰心里急

小伙驻队能务实
湖田泥深种一季
获得丰收瞒成绩
拓伯鼓励进省里

干部实干求实际
稻谷增产不为奇
社员多家办喜事
一连接进仨儿媳

红薯香又甜

题记：我的湘北老家正是红薯收获季节，在温饱不够的年月，湖区民众成群结队前往翻挖过的丘陵黄土坡地里，寻找漏收的红薯，以填饱肚子。现在肯定没这般景象，但栽种红薯的方式估计变化不大。

大红薯儿甜又香
买给伢儿尝一尝
栽种过程慢慢讲
种薯育苗在春上

苗变长藤分节剪
每段包含两节长
适量底肥扦插上
随后浇水促根长

两月除草翻藤忙
免得新根分营养
后期自然生长壮
农历九月薯归仓

入冬之前备地窖
红薯装入早收藏
目的就是防冻伤
来年春头解饥荒

那时红薯半边粮
而今当作特产讲
红薯超过甜蜜糖
佐证当下好时光

辣　椒　花

昨晚做梦回老家
菜园开满辣椒花
白里透绿看不厌
树冠喜鹊声声夸
椒苗五寸长枝丫
一花独坐一个杈
见花必定有果挂
辣椒从不开空花

家 乡 竹

题记：在长沙市五一大道和建湘路交会处，遇到卖竹编制品的小贩，想起老家的竹园和童年剖篾编筐的趣事。

老屋后面，

竹林满园，

根根笔直。

荡起碧波澜，

枝叶矫健；

水竹桂竹，

荆竹楠竹，

四种皆全，

斑竹少见，

构成绿色风景线。

思量看，

虚心且平凡，

点头致歉。

品正梗直节高，

农夫雅士为之称赞。

精剖篾编篮，

乡邻爱看；

异地巡见，

他乡竹园；

算饱眼福，

难解心馋；

只好用笔代篾刀。

境迁矣，

城里难寻觅，

加倍努力！

老家的栗树

题记：老家的栗树可归属于阔叶乔木，土生土长的树种，对那片土地特别钟爱，没人种植，自然生长茂盛。

没有松柏挺

没有红树名

没有樟叶青

好在自然生

不毁可成林

木能承千钧

用它水车行

锄头有生命

果实小而精

秋收俺高兴

磨细米和匀

精美可慰军

树叶好变粪

营养树成林

栗树全身金

奉献万村民

澧　县　吟

澧县有座城头山，

古稻深藏六千年；

三元宫到老文庙，

勤奋求知民风好。

八方楼和多安桥，

一起合力镇河妖；

引来涔水绕山腰，

丘陵平原一起浇。

鱼肥稻香喜鹊叫，

油菜花美葡萄俏；

盐矿膏矿不需找，

千年澧州更富饶。

老家八根松

题记：湖南省澧县梦溪镇八根松村，是生我养我的地方。

老家所在称八根松，
这个山村在俺心中。
她和长沙大不相同，
未见堵车人流奔涌。
国道村道四季畅通，
邻里和睦其乐融融。
夜里可闻虫鸣草丛，
月亮星高没有霓虹。
白天做事精力无穷，
养鱼种稻皆为务农。
儿时嬉戏常现梦中，
鬓白思乡用笔赞颂。

老家在常德

我的老家在常德
地理位置属湘北
那里人文很特别
中原西南迁徙客
方言偏北话不涩
老乡口音勿用核
过年舞狮特出彩
花鼓戏会对台赛
京胡小鼓奏拍节
进屋即可唱一折
一鼓一锣三棒鼓
现编唱词不停歇
还有渔鼓送祝贺
边镲响子做伴奏
一人演唱蛮火热
文艺非凡大侠客

德山有德

题记：家乡以"中华大德·源自德山"为题，组织华文微诗征稿，笨叟愿为铺路石并呈上一首。

德
自古志士崇尚德
后继众
中华多俊杰

德
沅江岸边山有德
人心明
做事按原则

德
礼貌仁义融入血
待人诚
民风载史册

读 书

题记：2014年4月22日早间电视告知，明天是读书日，顺手写出。

农家图饱难求富
学会种田学养猪
读书日前忆读书
祠堂学校合并住

出身年代很特殊
基本读物伟人著
百条语录常温故
字字句句全记住

工作之后学算术
夜读数年书入库
零星知识从头梳
苦学巧学赛留学

自学多年当进修

书海无边我畅游

书信文集子孙留

老来继续爬书坡

笛

题记：笛子是中国的民族乐器，河南贾湖曾出土八千年前骨笛，比埃及的早两千年。笨老头童年在乡下想学吹竹笛，苦于无处拜师，终成遗憾。

少小乡下想学笛

嗦嗦啦啦吹一气

欲求良师未如意

梦中常常在自习

河南贾湖发祥地

八千年前有骨笛

近代取材竹子制

竹笛金曲顶尖级

学 语 文

题记：一人在麓山集贤宾馆休两日，心静时想自己学语文的过程，平淡不易，有些感慨。

想当年 学语文
发音不易写苦行
勤奋六年才入门
传承文明需精深

农家子 怕书厚
写话不易成文愁
老师耐心帮寻求
杉树赞歌获评优

写报告 不计数
如实巧改方发出
专注十年可出头
文业同立没落伍

五十年　持续学

信集得奖算优秀

未敢称家续著述

父母希望没辜负

注释：草作于2014年2月25日。《杉树赞歌》是我中学阶段的第一篇获奖作文。

我的算盘

题记：我父亲1966年秋季特意到镇上供销社，买回一把最好的檀木十五柱算盘，送给我。这是父亲送我的第一份礼物。那个特殊年代，不识字的他，只知道"会算盘，懂文墨"是文化人，全力支持我跟着文田先生学珠算。我一个冬季学会加减乘除的基本运算，后来成为从业的技能之一。工作中，同事曾用计算器与我比算百分比，我赢了。

五十年前爹爹置

檀木珠子声音脆

边框刻有俺名字

睹物思亲眼含泪

革命年月未消极

跟班学习一冬季

加减乘除皆破题

一技之长盼出息

文盲父母从长计

未进中学先学艺

进城工作真给力

珠算超过计算器

而今电脑已普及

算盘退出进书柜

文物再到体育类

启发智力待春归

大队会计

题记：20世纪70年代，现在的村称为大队。那时大队干部中会计一职可由非党员担任。农村改革之后，再也没这个名了，想来有些留恋。

毛头小伙十七岁
有幸大队任会计
那时没懂多少理
只想做完分内事

年终分配为第一
关心俺的彭书记
要我请教老同志
推辞眼花没得力

自己加班做统计
形成基础数目字
编出方案报上级
顺利批准得第一

回想起来真惭愧

办事程序未能知

送出前没报书记

好在审批都顺利

懵懵小伙是单一

别的没想只做事

总怕落后图积极

真实青涩才出奇

我的故乡情

生下吸的第一口气

树叶稻草香味合一起

落地一抹满手泥

身上至今留着山村胎记

七岁学插秧种地

脚踩打稻机新奇

看到青蛙草虫都是趣

有共同生存的友谊

春天斑鸠低语亲昵

夏夜听吓人的故事

池塘的清水无菌可饮

山上柴火烧的大锅饭

香喷喷无法忘记

过年才能吃肉鱼

出门无锁进门不需客气

生活依然有滋有味

少年都爱生产队

中学毕业接任队会计

只想为乡亲做点事

从来没想要什么待遇

后来工作在外地

常常梦着多趣的儿时

上网搜寻故乡的信息

还用诗歌表达记忆

事情悠悠

西长街留念

题记：笨老头昨天提交拥护公司实施办公楼替换方案的调查表后，对长沙市西长街的留恋之情油然而生。

公司驻在西长街
一晃已有十六载
五千八百太阳晒
日积月累存真爱

置换方案翘首待
东岸高屋谁主宰
西岸大楼门敞开
公司发展兴未来

人的感情有点怪
即使长街臭成灾
老头依然愿再来
念旧之心时常在

乐见公司新姿态

同仁奋发不松懈

楼新室美人开怀

祝福大家天天嗨

想念湘江

题记：我出生于湖南澧县梦溪镇，在中国华融的湖南和广西分公司工作过，在北京我儿子家住过一段时日后，想念湖南。

梦溪寺边第一站

岁月流逝河渐浅

探寻京郊永定畔

再到南宁邕江湾

大半生吃长沙饭

星城记事无数件

自问母河哪儿见

现存湘江是答案

寻蟹岳麓山里面

坡陡溪湾人流连
回水之处石缝间
小童摸着螃蟹欢

公元正好两千年
资产处置湘江边
同事都想梦实现
合力昼夜一起干

十年任务五年完
收回现金千千万
母体银行青春焕
助力改革俺当先

三湘四水育湖南
走遍世界仅旁观
德国啤酒泰国饭
唯有湘江水真甜

觉得童年澧水淡
法国香水更一般

白沙井和橘洲连

喝过之后似神仙

半　悟

三十多岁的人

医师诊断为

糖尿病　让人难入睡

不能足食在受罪

我的命不贵

心理限制嘴

少吃少喝不算亏

还计较谁

对别人　心无愧

对自己　醒不醉

对长辈　孝代跪

对孩子　多伴陪

对事情　真学会

天天坚持走正轨

华　融　情

题记：中国华融是全国四大资产管理公司之一，成立于1999年10月19日，其湖南的机构2000年5月8日挂牌，我于2000年2月17日开始做湖南机构的组建工作。

我们满怀着憧憬，
新千年的春天里，
盼望华融早诞生，
迎接新挑战。
改革攻坚第一线，
激活世纪的沉淀，
处置数千亿资产，
相照在肝胆。
漫漫路途有冷脸，
日日奔波不等闲，
走街串巷寻厂店，
道理不亏欠。
若要问我再选站，
依然看好华融天，

艰苦创业久依恋，

仍勇往直前。

中国华融在成长

题记：分享同事张译元先生诗作《华融的成长》后，有感而发。

中国华融在成长

得益正确选方向

阔步走在大路上

团队超常变经常

机制激励并重奖

员工创新巨能量

众人拾柴火焰旺

资产管理年升昌

镜泊湖石子

题记：十年前，出差到黑龙江镜泊湖，顺便保留个拇指大的黑褐色石子。睹物思景有感叹。

火山爆发熔岩奔
万物瞬间变灰烬
堰塞造就镜泊湖
高温冷却石头成

世间变故不依人
风雨冲刷石留痕
依旧保持原始心
品质赢得人类敬

石子普通湖边停
千年平凡无人问
笨叟好奇揣在身
心里琢磨生友情

走

题记：即将退休，转业当专职爷爷，有点兴奋。

走

退休感觉全带上

笨叟走向远地方

京广高铁的去向

没有熟人之广场

走

就此离开办公网

免除抉择时惆怅

往事都和儿孙讲

兴奋时候眼发光

走

走啊走 向前走

陪伴大家奔前方

结果平凡过程亮

淡然亮时有短长

走
走着回头再望望
多看一眼老地方
甜蜜趣事藏心房
现编一曲走着唱

向往淇河

题记：中国诗歌网于2017年2月27日，发布第三届"中国诗河·鹤壁"诗歌大赛启事。平静的笨老头居然有心动的"涟漪"，不是想得奖，而是对中国诗河的向往。仅一百六十一公里长的卫河支流淇河，西岸有距今七千多年的花窝遗址；其东南的石河岸遗址属仰韶文化遗址，中华文化的源啊！

淇河很小　中国地图难找
淇河有名　名到超过《诗经》
七千多年　仰韶文化以前
花窝遗址　揭示中华祖先

淇河变大　历史构成骨架
淇河有名　古今诗家齐吟
能入诗者　事景触目惊人
能进词里　必是情动贤圣

卫国淇河　串起山岭万座
楚人笨叟　痴醉精神求索
君若爱诗　总会神往淇河
老生无求　唯有文化补课

向着高峰

题记：2016年11月30日，习近平总书记出席中国文联第十次全国代表大会、中国作协第九次全国代表大会开幕式并发表重要讲话，看过新闻报道之后，感到振奋。

人民大会堂

穹顶灯齐亮

文艺两会上

最高领导讲

筑就高峰倡

作品有方向

孕育经典章

复兴颂歌唱

拙笔沙沙响

身边好事扬

行　徽

题记：工行行徽寓意资金融通、商品流通、多方位服务，以及工行与客户相互依存、相互协调和紧密合作的融洽关系等。行徽在定稿前曾广泛征求意见，笨老头投赞成票。有幸到总行工作，对行徽的特殊感情油然而生，留下文字。

哪有工行门，就有她的形；
哪有工行人，就是她的影；
白天似太阳，照耀客户群；
晚上似月亮，指引揽存人；
贷款千千万，效益日日增；
收贷皆求人，化险艰难行；
代理到处寻，情动满天星；
海外开分行，地球变小村；
做事谁说易，就凭敬业心；
行徽照路程，工行向前进！

依恋工行

题记：我曾经在中国工商银行工作二十年，从一个外行到合格管理者，其雕琢过程充满阳光；工作调动多年之后，对工行仍怀有深深的依恋之情。

原先俺是个农民
而今也算金融人
缘于工行常培训
信贷计划都入门

进行不知句成分
师傅教会办公文
随后探讨金融论
勤奋耕耘也出新

培养本领健身心
走在街上腰直挺
精神富有胜千金
爱岗履职总有劲

外界传说赚大钱

操作岗位够吃饭

巨额公款不眼馋

甘愿平凡享稳健

交　流

题记：2015年3月13日有感于昨晚欢送交流干部。

任务十分足，

借以化乡愁；

满怀憧憬去交流，

微笑哼唱"米和油"。

人地两生疏，

改变吃和住；

时时感觉有后顾，

常常静心读巨著。

短则一二暑，

长则年无数；

天天面对新题目，

日日努力勤刻苦。

看着星星驻，

掰着指头数；

等到客人可变主，`

一纸调令新征出！

注："米和油"是《我和你》歌名的英文谐音。

这样才能愉快多

题记：我做过两个单位的纪检工作，快换岗位了，记录心得

以自律。

哪样权力不滥用

哪样钱财不能收

哪样福气咱可享

哪样收入无隐忧

公家权力不滥用

别人钱财不能收

贡献之福只管享

合法收入无隐忧

唱歌就唱廉政歌

安分守己没有错

勿图富贵平凡过

这样才能愉快多

职代会颂

题记：单位选出中国华融的职工代表，我因被列入公示名单而有些感慨。

公司十年和谐过，

员工一路忙工作。

个个未曾有蹉跎，

人人高兴争着说。

业务成果渐丰硕，

人文精神向上跃。

职代会上订举措，

民主大道更宽阔！

圆梦清华

题记：完成《四十年工作总结》，向组织和家人交一份"毕业"材料，还得到清华大学教授认可，2014年5月15日发函说："鉴于您对中国改革开放以来金融事业发展的深入研究和丰富的实践经验，特邀您来清华园参加经济学专业学术研讨会，作主题发言。"我精神抖擞地走进清华大学发言，五十七岁的我，情不自禁地赋顺口溜一首。

澧水岸边小老头，

一直想进大学中；

今到清华做研讨，

也算圆过心里梦。

半天发言有几何，

一生工作经历多；

博士询问题外话，

老夫亦答复两下。

党恩如山

题记：湖南省金融系统纪念建党九十五周年金融诗歌创作大赛征稿，笨老头即兴响应。

即将退休想此生
本来就是一农民
父母文盲不识丁
而今我算文化人

入道金融数白银
出纳会计都还行
信贷计划也入门
资产处置创新成

组织扶我在前进
每步铭记党的恩
见钱不馋严律己
一直怀揣感激心

征文正好抒发情

胸藏私话写成文

千言万语意不尽

终生奉献永不停

亲情脉脉

闺 女

题记：闺女在怀孕期间，用半年的业余时间，精心编绣一件立体、多件套、多色彩的婴儿观赏玩具。母爱饱含在其中的针针线线里，笨老头为之点赞！

小小生命正孕育
挺身上班九月余
公交地铁去和回
让座众多好社会

穿衣吃饭不选贵
甘愿清苦喜悦随
业余编绣孩儿礼
母爱闪光如金堆

不一般的六月

题记：2016 年 6 月 15 日 21 时 43 分，我的孙子在北京出生。笨老头当日从长沙赶到北京的医院，第一时间感受幸福，特记之。

今年六月不一样
长沙北京高铁忙
北上沿途麦菀黄
喜获丰收粮满仓

老头心里喜洋洋
孙子顺产来世上
开口独唱声洪亮
张妍博士赞健康

手舞足蹈大人样
全身粉嫩亲人香
笨叟一下白胡长
声声爷爷耳膜响

小小生命催人忙

旁人觉得这平常

带给小家新希望

俺的心里亮堂堂

注释：张妍是解放军三〇六医院妇产科的博士。

摇 篮 谣

题记：今天是儿童节，即将出生的孙辈让笨叟激动，写这首歌谣作为送给孙辈的节日礼物。

讲啊讲 讲故事

讲出宝贝好武艺

摇啊摇 摇啊摇

摇得宝贝好睡觉

睡啊睡 睡一会

宝贝乖乖梦里飞

外婆陪 奶奶陪

陪着宝贝梦乡归

哦哦哦 睡喔喔

哦哦哦 睡喔喔

宝宝五个月

宝宝五个月
不只吃排睡
还知冷和热
互动渐渐会
舒适笑咯咯
奶奶叫发声
也像有回应
天天在长进
全家都高兴

伢 儿 乖

伢儿漂亮伢儿乖
躲进妈妈的左怀
伸手翘脚逗人爱
睡梦之中衣角拽

红黄气球摇篮排

伢儿眼光跟随来

小猫一旁尾巴摆

它也喜欢逗小孩

伢儿漂亮伢儿乖

伢儿伴着春天来

阴天也现祥云彩

爸妈爷奶心花开

注：伢是孩子的意思，在湖南方言中读a的第三声。

宝宝吃饭

题记：陪老伴带孙子，受老伴"乖宝宝，吃饭饭，长高高"
启发而作。

乖宝宝 吃饭饭

一口香 一口甜

吃饱肚子有劲玩

乖宝宝 吃饭饭

张大嘴　快点咽

吃饱长高就好看

乖宝宝　吃饭饭

奶奶陪　姥姥伴

长大工作能争先

爷孙看汽车

题记：在京城陪伴孙子，倚在窗边享受天伦之乐的同时，也向往外面的世界，看到街上争先恐后的车流有些感受。

倚靠北窗望长街

爷爷孙儿笑开怀

好多汽车穿梭快

柏油马路无尘埃

多辆公交客满载

七色小车在竞赛

爷孙忙数多少台

两代同乐心花开

黄昏时候风景在

大灯尾灯亮起来

天黑之夜更精彩

红灯一片不是怪

大 玩 具

题记：孙娃八个月起到现在，看见洗衣机工作就指着要靠近观察，还用小手去摸，有趣！

家有滚筒洗衣机

工作扎实又积极

幼小孩儿挺好奇

靠近观察咋洗衣

转动有声似细语

窗口可见水花絮

工作原理未揭秘

孙娃猜是大玩具

耐 烦 过

题记：1982年2月3日，我和爱人办理结婚登记，当天特意到她奶奶家禀报，老人家高兴，赠送小夫妻三个字："耐烦过。"

刚成家时奶奶说
人生一世耐烦过
沉浸蜜里未解惑
尊敬礼貌不反驳

几十年的人生河
多有浅滩和旋涡
每步都要耐烦做
常想奶奶真没错

遇到困难定攻破
每逢喜事克制过
心平气和是良药
智慧总比坎坷多

儿子长大

题记：一个人在家没事，回想春节期间的愉快，便记之。

清晨五点天未亮，

老头起夜上茅房；

开灯看见儿子站窗旁，

原来雨声唤醒这儿郎；

起床防雨他关窗，

老头心里喜洋洋。

居家日子很平常，

吃住会有小题讲；

老伴一般情况最观场，

儿子而今作为无声响；

小事折射大人样，

家事公事都能想。

老 头 乐

题记：一个人在家，慢慢习惯并有规律地生活，自得其乐。

进屋想说话
转圈把包挂
公益广告那幅画
笨叟想到笑哈哈

我的老伴她
多日不在家
陪伴儿媳大事抓
老头乐意看晚霞

网络加电话
洗衣并浇花
顺口溜到网上发
愉快视频告诉她

老头乐在家

自备清淡茶

青菜油盐也少加

天天生活像国画

中　秋　叹

题记：月过十五，年过中秋，一个时段就快过完。明天中秋
节，耳顺之年有感叹。

一晃又快过一年

月到中秋自然圆

趁着年轻多实干

免得后悔曾经玩

团圆最好向前看

至亲佳音比饼甜

嘉奖喜报时常传

和睦更有艳阳天

父亲李永贵

题记：昨晚半夜醒来，好久不眠，再次入睡不久就梦见父亲。想到老人家贫苦一生，一个文盲，应该在网上为他留个名字。父亲1990年9月25日去世，终年六十九岁。因父母去世时他只有六岁，自己的生日也不知晓，一辈子勤苦！

一、梦见老父

六十岁的我，
半夜睡不着；
勉强迷糊过，
老父小声说。
他想要过河，
求医开点药。
我把身子挪，
顺势就起坐。

醒后觉不妥，
老父再生活？

早已驾仙鹤，
敬孝能几何？

父母不怪我，
自悟总迟过；
遗憾成史河，
趁早抓紧作。

二、一生勤苦

父亲苦难述，
童年很特殊；
六岁双亲故，
长工伺候主。
冬无鞋袜裤，
夏缺遮身布；
饭菜总不足，
谁知童工苦？

解放才有屋，
运动又无数；

治湖工地驻，

灰窑烧腿骨。

"文革"真离谱，

说他造反术；

名字无出处，

是个冤大头。

晚年进城住，

深感阳光顾；

整天忙家务，

笑声时时出。

注：灰窑即指大办工业时期的石灰窑。父亲当工人期间，有天夜里上窑顶桥板，踏虚掉进高温窑里，被工友及时救出，只是腿部烧伤，留下大块疤痕。

我的亲人在北京

题记：老伴在北京照顾有身孕的儿媳，我在长沙的思念之情，变成以下文字。

一个人独自在家
想找人说说话
就思念老伴她
那淡然的微笑像幅画

远在京城的她呀
陪伴儿媳无暇
即将出生的孙娃
暗地里把奶奶夸

我的家在长沙
今日努力整理一下
好像老伴回来啦
映入房里的西窗晚霞

想念成甜蜜牵挂
老头不怕人笑话
北京的亲人啊
千里之面成就信札

岳麓山的姑娘

题记：我退二线的申请即将获批，回忆工作之外，常想起生活中的点点滴滴。

三十年前来长沙，
满目新奇觅小家；
二十周岁生日里，
独自观赏云麓霞。

妈妈操心儿亲事，
常常欲言未说话；
岳麓山的姑娘啊，
哪个愿见乡下伢？

几年之后进大厦，

机关真大我小虾，
做完本职勤打杂；
不敢奢望早成家。

她赢高考第一跋，
她的眼神会说话，
她是单位一枝花；
她的能力众人夸。

同年同月同失妈，
悲苦一样不思茶！
相互关心迎朝霞，
情意渐浓像一家。

三十年似挥一下，
新的一辈已成家；
岳麓山的姑娘啊，
俺的心房你驻扎！

老伴这本书

老伴和我半岁之差

她在省会长大

有三年生活在广阔的乡下

不同的是　她有文化

恢复高考成为

骄子的第一跋

我曾经的脚步　有点外八

她常提醒正步跨

自学课程中　数学我最怕

帮助把公式抓　习题一道不落

让我有资格

在自学奖励大会上讲话

儿子小学离不开爸妈

老伴毅然把仕途放下

帮儿语数外扎实抓

顺利考上上海东华

再促进儿子大洋跨

留学归国邻居都说顶呱呱

我带着一年的中专文化

老伴鼓励用功把格子爬

近十万字的论文刊发

三十七岁得以高师资格拿

让我学写话　正式出版信札

中国金融作协成为我的家

社会鱼龙混杂

老伴不疑人防他　吃亏到一身瘦下

用自身的痛　把亲人教化

老伴这本书是上苍赐予

我一个人的经典神话

要用一生感谢老伴她

老伴的谱架

题记：老伴中学时代，跟着同学学拉小提琴。今年在北京陪伴儿媳时，又学吹葫芦丝。 今天中午，她从四十多度高温的阳台上找出谱架。这是四十五年前老爸爸亲手制作的，睹物思亲。

简易三脚架
菱形展板挂
普通铁件搭
谱架像朵花

曾经劝写画
也未制止啥
协助爱好抓
玩得更高雅

业余吹和拉
生命多彩霞
老爸虽作古
儿孙记得他

心脏在腰上

题记：老伴晚饭后跟着儿媳学瑜伽，精神足只是动作不够到位，还说练过后腰部舒服。我说她"心里舒服"。

花甲之年学洋操
跟着儿媳过半招
名曰瑜伽一整套
老太雪天练出俏

婆媳同学挺新潮
还说舒服可细腰
心里愉快拐弯道
和谐之歌唱欢笑

酸菜鸡蛋汤

题记：快过年，正准备过年饭菜，想到妈妈曾经为我做的耳朵菜鸡蛋汤，就记下。

晾殃揉盐耳朵菜，

装进坛子不再晒。

夏天炎热想胃开，

妈妈弄出美味来。

尝遍世界顶级菜，

酸菜蛋汤最可爱；

其他再好都觉怪，

回家总想妈妈在。

月儿一弧线

题记：明天是 10 月 3 日，农历九月初三，我妈妈周先凤九十八岁生日。她老人家生前一直在为儿女、为社会奉献，从不索取，生日都未过，儿子而今用文字为之纪念。

农历九月三
月儿一弧线
像妈妈出现
亮光照面前

虽然月最小
却能驱黑暗
幼年到老年
一直都奉献

妈妈常备大叶茶

题记：老屋建在南来北往步行的大路边，父亲特意在屋后栽棵粗茶树，一匹叶子可煮一罐茶水，谓之"一匹罐"或者大叶茶。妈妈在世时用这个资源，为路过的乡邻备足解渴的大叶茶的情景，至今历历在目。

一条长长人行路
南北望不到尽头
俺家房子靠路筑
变成人们歇脚处

猪草盛产夏初湖
柴火能砍过三伏
北来下湖客无数
南往上山欲停步

回程肩上都重负
汗干成盐嘴唇枯
妈妈家务先不顾

清早生火紧忙厨

烧足粗茶开门户
客人来到可解暑
免费淡茶虽不补
烧开之后细菌无

妈妈浅理常教吾
多做善事心病除
出门有难自得助
切莫只图先得路

妈妈周先凤

题记：我妈妈周先凤，文盲，生于1918年10月22日（农历九月初三），1981年9月20日病逝。我过六十岁生日时想写点纪念母亲的文字，刻意用妈妈的名字做标题。

妈妈明年进百岁，
逝世已经三十七。
一生勤苦务农事，

感受阳光解放区。

小脚站稳生存地，
大智立规育儿子。
不可害人常记起，
有所防备避危机。

公事责任留心底，
爱情专一算争气。
取财方式合规矩，
前进路上脚不虚。

而今我快抱孙子，
牢记母训志不移。
传承下去方进取，
发扬光大孙优异。

友情重重

读《枕上》诗集

题记：彭公曾经任中国工商银行湖南省分行办公室主任，已退休多年，日前送我一本诗集《枕上》，读后颇有感慨。

言志诗集名枕上
捧读忘寝思绪扬
古稀弄诗正在忙
记录一生有沧桑

阳光心态激情望
诗词书法两样忙
谁说老来无所想
俺赞彭公写华章

入驻诗歌网

题记：一个月前的今天，我在中国诗歌网注册，之后获得许多愉快。一是发审的四十九首顺口溜全部通过，其中九首进入湖南频道好诗栏目。这是编辑老师的厚爱。二是受到十七位诗友关注，有知音。三是中国诗歌网这个平台，给予我生活乐趣、充满阳光。特记之。

带着顺口溜
诗歌网里走
老年不知愁
诗海到处游

看到粉丝数
全是爱诗友
不敢多奢求
水平还不够

虚拟诗宇宙
高雅又通俗

既可自己秀

佳作随意读

中国诗歌驻

徜徉文学库

每天高兴有

大家愉快述

进网一月多

坚持原创作

编辑常顶托

大家都快乐

致 文 友

同龄文友玉明兄

不期常遇上班中

志趣相投舒雅袖

一日未见如隔秋

年前虽忙常念旧

短信满载亲情流

退居二线文曲奏

笔耕不辍夺丰收

同事春节短信

一

老少同事前世缘

每逢年节都思念

相隔千里如身边

友谊花开乐如仙

二

春雨淅淅朦灯花

诗意洋洋似油画

同事真情常念挂

元宵正好悄悄话

和谢韬《春节感怀》

题记：同事谢韬以"浪淘沙"填词春节感怀，笨叟对旧体诗词外行，乐意借其形式回一首，特意不标词牌，抱歉！

京城景色秀

祖国首都

笨叟伴孙无忧愁

平稳转业上新途

老有所乐

窗外事何由

有人去做

故里湘江柳头绿

新地运河树枝枯

齐盼春晖

爱的回音

和"我是吉祥天佳音"《新月》

黄昏薄雾现

醉人似神仙

侧望林间月

时馋石榴园

和"甄叙掀"《七夕》

神州传说天河谣

美好梦想得倚靠

两情若真自然牢

只借七夕心意表

和"查児狗"《游戏随感》

名为游戏实答题

成双有缘不求急

万紫千红包含桂

顺其自然港湾归

赞"茫青"《榜上有你》

富有画面感

更有情绵绵

相差两年代

读后心花开

赞"陈格远"《湖边》

一气呵成在《湖边》

勾起众人青春年

老叟心情已淡然

顺口留言做点赞

想　你

题记：三年前出差去自贡，有幸从泸州机场回湘，但没进县城，遗憾中留有遐想空间。

出差自贡经泸州
望着县城满目秀
不是楼高而是酒
闻香三年仍悠悠

宴席小聚来几口
泸州老窖获头筹
珍藏两瓶不释手
恰似初恋留心头

松

你是松 我是柏
从来不怕冷和热
同时生长湘西北
而今阴阳两相隔

曾移沃土真难得
都说迎来好年月
屈指分开一百日
忽然惊闻松颠折

松树每年长一节
松针回报山南侧
成材报国不停歇
贡献一生很坚决

归还老照片

两张照片四十年
天南地北不见面
原来留存作纪念
而今奉还归平凡

回首往日数十年
一生过去眨眼间
人心容事多少件
老天时刻在评判

同事回味如歌

题记：原单位同部门的同事王女士召集小聚，八位一桌，争相交流，谈的既有工作经验，也有工间花絮，字字心声，句句亲切，没流露丝毫抱怨，笨老头深受感动，特记之。

电话预约　短信订桌

东南西北　一齐应诺

急忙赶到　相互让座

不品佳肴　争着先说

同事几年　高兴多多

工作技巧　学习忙活

愉快记着　胜过燕窝

人生如河　徐徐流过

小聚温馨　彻悟因果

散席之后　回味如歌

同学在老

题记：我还沉浸在昨天同学聚会的场景中。四十年不见，再见到的都是"老"同学。

大姐一头银发

兄长满脸皱巴

四十年的落差

见面认不出他

等待各位说话

才知跨度太大

都忆同窗之夏

续写人生书跋

探望恩师

题记：在长沙的三位中学同学，相约回澧县看望八十岁的谢承文老师。

鹅鸭先知春水暖，
猫狗敏觉初夏热。
学生晚见恩师面，
托词在忙心自责。

师母银丝满头现，
老师八十忙学院。
正像巨型精煤炭，
一直献热从未闲。

黑锅背过二十年，
天天热情教学员。
只望徒儿好表现，
不顾自己衣破烂。

三位带着成绩单，
共同话题忆当年。
恩师用心勤浇灌，
才有今日花满园。

国情滔滔

幸　福

工人正品一直出

就会觉得是幸福

农民种地丰收谷

也会感到是幸福

军人海疆都守住

自然感受真幸福

学生作业没有错

就是企盼的幸福

小贩做成小店主

立刻觉得真幸福

大小心愿都实现

人人都会很幸福

橘子洲感怀

题记：20世纪70年代后期，我到长沙上班的第一个周末，和同时调进单位的同事到橘子洲头游泳，回想起来像昨天的事。

积沙成洲数百年
时光一晃过境迁
领袖击水虽短暂
民众代代记心间

江流常变岸不变
人们在老天不老
规律左右诸圣贤
彻悟之后若等闲

清水塘抒怀

同一时代毛朱周

万众敬仰心中驻

吾辈翻身得呵护

涌泉之恩世界殊

农家子弟阳光育

俺才走上康庄路

而今花甲有念头

回报社会永无休

笨叟上学堂

题记：领导邀请我回单位"大讲堂"，谈工作体会，十分得意。

单位领导上
邀俺进讲堂
自我超越样
有点小紧张

书面准备忙
熟记脱稿讲
赢得都鼓掌
余热亦发光

京城庭院赋

题记：走进京城一社区，看到乡村味的景观，遂赋。

走进社区眼前亮
以为误入一村庄
葡萄石榴西红柿
花期都过果盼仓

原是京城庭院样
房前盆栽茁壮长
地贵拥挤不需讲
瓜果绿化出文章

京城过年

题记：今天腊月二十九，儿媳做午饭，老伴做火锅，孙子学语像唱歌，好一个过年"彩排"，五口之家在京城团聚过大年，高兴！

预报雾霾风吹散
放眼全城艳阳天
幸福倍增楼宇间
人们欢喜过大年

马路汽车少一半
长街行人乐悠闲
个个新装不平凡
中华盛世民若仙

觉 悟

题记：刚向组织上发出申报补交党费的邮件，五十年前学习"老三篇"，《为人民服务》中的张思德形象浮现在眼前；国庆六十周年前夕，2009年9月10日，张思德同志被评为"一百位为新中国成立做出突出贡献的英雄模范人物"之一。

领袖警卫员
临时烧木炭
窑塌护战友
用命做奉献

为民冲在前
没想要称赞
行动释宗旨
新中国模范

治党更从严
细微和路线
党费补交钱

理该去争先

杯水亦可鉴
谁够格党员
小善悟大禅
老叟续修炼

阳 光 颂

题记：我是向日葵，喜欢阳光。

你是饿汉眼前的玉米稀
你是演员面前的化妆镜
你是盲人心中的红灯记
你是雪山深处的旧棉衣
你呀 总是在人们
绝望时给予美好预期

你是五谷中的养分
你是人体排毒的肾
你是心脏跳动不停

你是世界生命之本
你呀　是深深植入人们
心里的永动引擎

参观钱币博物馆

题记：2017年2月18日陪老伴参观中国钱币博物馆，我留
言"做了一辈子金融，退休后来补钱币课"，感触良多。

四十年前做出纳
钞票清点哗啦啦
才知钞小且票大
钱币历史展华夏

假币秦简有案查
冷淡反假理匮乏
好在老来没瞎话
继续学习马鞭加

识别元宝先蹲下
儿童发现笑哈哈
老早压岁钱非钱
博物馆里学文化

中国高铁赋

题记：作为与铁路没直接关系的行者，今天再次乘坐 G83 次高铁列车，从北京回长沙，一路正点飞快，感觉甚好。

高铁高铁

载我飞驰南北

真快真快

成套跨洋越海

詹老天佑

创造中国铁"人"

当代中车

集团阔步不歇

九十年前

国民力护路权

而今技术

整个世界领先

京津城铁

多国元首尝鲜

竖起拇指

中国技术获赞

武广新线

连接北京西站

八纵八横

全国地市皆连

国家名片

高铁成套展现

德日不甘

价格再往下砍

回合不断

中国智力赢战

一带一路

机会继续占先

和谐圣贤

必将神勇向前

雪

题记：2014年2月9日早晨，终于见到长沙2013年入冬以来的第一场雪；虽在立春三日后迟到，依然令人激动。

楼顶看你地上飞，
地面看你天宫追；
雾中看你花样美，
过后想你送春归。

早晨一嗅清香味，
净化神州又一回；
捧着含着都不对，
放在胸中藏珍贵。

冷 风

题记：北京昨天有雾霾，今天早晨开始吹北风，一下子霾散气爽，舒服！

雾霾蔽日遐想生
蓝天不见皆凡尘
人罩口鼻留双眼
既非魔怪也非神

用尽办法车限行
老天还是昏沉沉
西伯利亚冷气进
吹过天蓝空气新

有时带来雪如银
万物模样看不清
所向披靡无区分
冷风待人最公平

柳　絮

题记：北京的春季，人们头痛的是柳絮飞舞。笨叟最近在京城住，对柳絮有感受。

柳絮天生是朵花，
细如鹅绒色淡雅。
仲春露面不入夏，
身轻低调也挨骂。

京城空气湿度差，
零落成絮顺风滑。
江南春季花胜画，
未见柳絮袭人家。

钟 点 工

北京钟点工
万家皆相融
解难无数重
北漂有成功

用心来做工
细致每分钟
偶尔主人凶
大度且从容

保 安 赞

题记：今天出门时，看见南院保安小朱给予起早上学者绿色通道，善意可嘉！

平头中等个
值班话不多
慈目兼警觉
坏人躲不过

老幼都亲和
轮椅努力接
善意示人格
平凡有赞歌

学 雷 锋

题记：文友胡君用短信发来赞扬雷锋同志的两首诗，幸然呼和。

从小学雷锋
平凡真英雄
一心为大众
克己不放松

螺丝钉作用
奉献不争荣
学过五十年
还需多用功

让

题记：今天赶早到超市买菜，结账处排队。有位先生和我平行，让我排在前面；我估计他心里急，试探问：您还要赶去上班吧？他回答"是"。我以这个理由让他先结账。

买菜急忙忙
结账怕队长
班要赶点上
站等心里慌

不熟非老乡
相互都礼让
善举一束光
人间暖洋洋

半截蜡烛一口饭

题记：一个人在家，清理抽屉看到留存的半截蜡烛，晚餐剩下一口饭用小碗装上存放冰箱。这二者本不相关，我却由此有些许感慨。

半截蜡烛一口饭
两者好像不沾边
合起体现价值观
原来如此可点赞

夜里突然停了电
伸出五指看不见
留着蜡烛一小段
点亮即刻驱黑暗

经过国难的时期
珍惜每口白米饭
留着剩饭饱下餐
乞讨果腹没尊严

一烛光明世间欢

口饭充饥心里甜

珍惜点滴虽简单

坚持防患于未然

中山西路八百弄

题记：我老伴2004年曾在上海市中山西路八百弄租住过。这
个老社区房子简陋，居民的人情味很浓，印象深刻。

中山西路西面

五层旧楼可见

走道放置大件

邻里亲密无间

洗涮排队候站

下厨侧身换边

碗柜挂在空间

东西从未丢散

旧房新用无限

电器只增不减

床边放桌就餐

邻居分享点赞

房窄心宽不厌

邻里相让优先

楼长常言安全

真情至今思念

大 庸

题记：张家界市二十二年前称大庸市，其中的永定区即原大庸县，大庸县在春秋时期属于古庸国。有记载庸曾随周武王灭商，春秋时，庸是巴、秦、楚三国间较大的国家。人老怀旧，想起大庸这个与儒家文化相近的名，就有感慨。

二十年前名大庸

春秋以来无伯仲

土家曲高仍合众

深厚文化含名中

古老县城福无穷

就近深藏三千峰

八百秀水巧连通

首赞奇美吴冠中

张家界市旅游红

世界遗产真不同

泉涌诗文齐赞颂

万年美景在奇峰

高 考 赋

题记：今天上午八点，经过长沙一中，看到特别安保和人山人海的高考盛况，有感而发。

公元一九七七年

小平决策开考验

已过四十暑和寒

选拔人才千千万

时代宠儿都锻炼

知青下放是驿站

参军扛枪非一般

高考一定是挑战

一项国策几十年

需要改进藏其间

说长道短是必然

笨叟喜欢看正面

如果倒回四十年

全力准备不偷闲

改变人生搏一盘

国之骄子定当先

端午节抒怀

夫子怀沙沉江底，
后生抱桨河面寻。
自古人生不复制，
爱国之志总继承。

二人在家过端阳，
清淡日子乐一样。
弃私为民心里亮，
步入老年还向上。

粽子一包千年情，
艾叶净化凡尘心。
为人父母念子女，
每逢节日思双亲。

夏季端午传喜讯，
飞天十趟太空征。
中国之梦我自信，
全体民众都青春。

初　秋

初秋叶　偶见黄
一片飘下仍向上

背汗湿　人在忙
万种果实皆溢香

山知秋　水始凉
暖冷渐变又一场

少在搏　老歌唱
国人都学女排样

落 花 美

题记：自然太伟大，许多自然现象，我们无法改变，那就选择乐观面对。

蜡梅落时万花开
柳絮飘洒春天来
桃李花尽果枝载
稻花谢完仓备盖

雪花落下地精彩
江河流去成大海
太阳落山生彩霞
此落彼长规律化

世界第一桥

题记：喜闻港珠澳跨海大桥主桥合龙，且作为现代世界七大奇迹登上英国《卫报》，有感而发。

长虹飞跨港珠澳
现代奇迹登《卫报》
历时七年苦建造
赞叹智慧冲云霄

五十公里海上桥
顺便建成两个岛
百年耐用真牢靠
大桥牵引北海潮

无数技术世界超
又一奇迹中国造
七子团结最紧要
中华民族永不骄

蒲 公 英

题记：昨天到通州大运河森林公园，看到花期的蒲公英，顺手照下，有趣。

灰黄几枝运河边
平静迎客不打眼
亦草亦花由君辨
此生乐与泥土伴

借风远播跨万坎
南北东西随遇安
本同苍生一样贱
中医偏爱多奉献

共享自行车

题记：儿子让笨老头体验共享自行车，二十多年没"摸摸"车，真有点小激动。

手机安装一软件
货币预存三百元
共享资源真划算
扫码开锁挺方便

单车停用二十年
笨叟起步不觉难
微笑上路乐悠闲
鹤发车手引人观

网络为车立新传
实胎双闸结构简
就近用停没麻烦
社会进步皆欢颜

站在楼顶望北京

题记：12月26日是毛泽东同志生日，临近这个日子，思念伟人的心情难平静。

暖阳无风冬日晴
独在长沙思伟人
领袖一生为国民
清水塘边赋诗敬

快速电梯不愿乘
一步一喘爬楼顶
目送湘江往北行
俺借碧波传书信

麓山南橘黄澄澄
松衬霜叶红灿灿
一起寄往北京城
略表湖湘亲人心